CATALOGUE

RAISONNÉ DES PEINTURES, SCULPTURES ET OBJETS D'ART

QUI DÉCORAIENT

L'HOTEL-DE-VILLE

DE PARIS

AVANT SA DESTRUCTION,

Par **A. DE BULLEMONT;**

Eaux-Fortes

Par **A. BRUNET-DEBAINES.**

PRIX : 2 FR. 50 C.

Vve A. MOREL & Cie, LIBRAIRES-ÉDITEURS, RUE BONAPARTE, 13.

AOUT 1871.

Haud
immemor

CATALOGUE

RAISONNÉ DES SCULPTURES, PEINTURES ET OBJETS D'ART
QUI DÉCORAIENT

L'HOTEL-DE-VILLE DE PARIS

AVANT SA DESTRUCTION.

PARIS. — IMP. BOUCQUIN, RUE DE LA SAINTE-CHAPELLE, 5.

CATALOGUE

RAISONNÉ DES PEINTURES, SCULPTURES ET OBJETS D'ART

QUI DÉCORAIENT

L'HOTEL-DE-VILLE

DE PARIS

AVANT SA DESTRUCTION,

Par **A. DE BULLEMONT;**

Eaux-Fortes

Par **A. BRUNET-DEBAINES.**

PARIS,

Vve A. MOREL & Cie, LIBRAIRES-ÉDITEURS, RUE BONAPARTE, 13.

Aout 1871.

PRÉFACE.

Il y a déjà deux ans que ce petit travail est prêt. J'aurais pu le publier à cette époque; la guerre est arrivée, et les esprits étaient ailleurs : puis la Commune, qui n'a rien laissé de l'élégant édifice du XVIe *siècle. En visitant ses ruines, l'idée m'est venue de livrer au public ces quelques notes, dont je garantis la parfaite exactitude et qui sont, sans doute, aujourd'hui les seules complètes sur les peintures et objets d'art qui décoraient le palais municipal. Je les ai prises* de visu; *je les ai collationnées sur les dossiers des travaux que M. Michaux, l'éminent chef du bureau des Beaux-Arts, a mis à ma disposition avec une obligeance dont je me plais à le remercier ici.*

J'avais réuni ces notes sous la forme d'un catalogue, destiné à guider le visiteur dans une promenade artistique à travers le palais. Je lui laisse sa forme primitive, et je ne doute pas que les artistes et ceux qui avaient déjà visité l'Hôtel-de-Ville ne se plaisent à cette petite revue posthume de toutes les richesses disparues. Moi-même, je n'ai senti bien vivement le prix des pertes que l'art a faites, qu'en relisant ce petit volume.

L'œuvre de Delacroix, le Salon de la Paix, une de ses décorations les plus splendides, par la variété et l'éclat de sa grande palette et par la fougue et l'originalité de son génie et de sa poésie est entièrement perdu; l'Apothéose de Napoléon, par Ingres, une grande toile ronde sur châssis, page énergique et sublime de l'immortel auteur de la Source, *détruite à tout jamais; l'immense travail de M. Lehmann, dans la grande galerie des Fêtes, anéanti; les fresques de G. Jadin, dans la salle à manger, si remarquables de coloris, d'originalité et de sentiment animalier; les Saisons, de Benouville, un des plus regrettables artistes de notre époque, mort dans toute la force de son talent, avant d'avoir pu donner sa note; les élégantes figures de M. Cabanel et de tant d'autres dont nous passons les œuvres en revue, brûlées, détruites, anéanties par le vandalisme le plus exécrable dont les temps modernes aient gardé la mémoire; sans compter les statues, les sculptures et les objets d'art qui faisaient de l'Hôtel-de-Ville un véritable musée.*

J'ai décrit salon par salon, peinture par peinture, et chaque fois que j'ai trouvé dans le dossier de l'artiste la description de son œuvre, par lui-même, je l'ai substituée à la mienne.

Deux eaux-fortes de M. Alfred Brunet-Debaines accompagnent le texte : une vue de l'Hôtel-de-Ville avant sa destruction, et une vue de ses lamentables ruines. M. Debaines, fort apprécié dans le monde des arts, a fait ses preuves aux salons de ces dernières années.

Août 1871.

CATALOGUE

RAISONNÉ DES SCULPTURES, PEINTURES ET OBJETS D'ART
QUI DÉCORAIENT

L'HOTEL-DE-VILLE DE PARIS

AVANT SA DESTRUCTION.

Nous n'avons pas dessein de faire, de cette petite brochure destinée exclusivement à servir de guide au visiteur, une histoire des origines et des institutions municipales. Cependant, avant de parler des constructions actuelles, nous dirons rapidement les différents endroits où les magistrats de la Ville ont successivement tenu leur siége.

Sous les premiers Capétiens, ils se réunissaient près du quai de la Mégisserie, dans la vallée de Misère, en un logis appelé la *Maison de la Marchandise.*

Quand la ville se fut accrue de ce côté, ils s'établirent successivement en deux endroits, tous deux appelés le *Parloir aux Bourgeois.* L'un était situé près du Grand-Châtelet, dans la ville, et l'autre au bout de l'Université, près des Jacobins, à la hauteur à peu près de la rue Soufflot.

En 1357, les officiers de la Ville achetèrent, au prix de 2880 livres, la *Maison aux Piliers*, nommée ainsi parce qu'elle était portée par devant sur une suite de gros piliers semblables à ceux qui se voyaient, il y a quelque temps encore, aux Halles, et qui formaient une rue couverte.

Cette maison, située sur l'emplacement de l'Hôtel-de-Ville actuel, n'était alors qu'un petit logis borné par deux pignons et situé entre plusieurs maisons bourgeoises : on l'appelait encore ***Maison aux Dauphins***, parce qu'elle avait appartenu aux deux derniers dauphins de Viennois. Les prévôts l'habitèrent ainsi jusqu'en 1532. A cette époque, François Ier leur permit de prendre la saillie de l'hôpital du Saint-Esprit et le grenier de l'église, dont les bâtiments faisaient partie de l'agglomération des maisons qui entouraient l'hôtel des Dauphins, et d'acheter, moyennant indemnité fixée à dire d'experts, les constructions voisines.

Une fois en possession de tous ces terrains, la prévôté résolut de les déblayer et d'élever un bâtiment neuf. ***Domenico Bocadore*** ou de Cortone fut chargé de faire le dessin du nouvel hôtel et d'en conduire les travaux. La peinture fut confiée à ***Charles, painctre***, et la sculpture à maître ***Thomas Choqueur, tailleur d'imaiges***, moyennant 4 livres tournois, par pièce de sculpture ou de peinture.

La première pierre fut posée en grande cérémonie, le **15** juillet **1533**, par Pierre de Viole, seigneur d'Athis, conseiller du roi et prévôt des marchands. La première partie des travaux fut menée lentement. En **1541**, au bout de huit ans l'édifice se composait de trois corps de bâtiment : un sur la place, un second parallèle au premier, sur la ruelle Saint-Jean, et un troisième sur la rue de Martroy. Ce dernier suivait la direction de la rivière et était formé du pavillon d'angle qui s'élève de nos jours sur la porte Saint-Jean. La façade comprenait seulement un rez-de-chaussée sur la place et un étage supérieur au niveau de la cour actuelle.

En **1549**, les deux étages du corps central étaient à

peine élevés. On les trouva d'un style *trop gothique*, les plans furent modifiés, présentés à Henri II, à Saint-Germain, et approuvés par lui.

Il est probable qu'à cette époque, dans le remaniement du projet, Dominique de Cortone fut écarté et remplacé par maître Asselin. On ne devrait donc à l'architecte italien que le plan des premières constructions.

Pendant la dernière moitié du XVIe siècle, les travaux restèrent suspendus. Les troubles et les massacres de Paris sous les trois princes, fils de Henri II, ne permirent pas aux magistrats de songer à leur nouveau palais. Mais, sous le règne de Henri IV, *François Miron*, lieutenant civil au Châtelet et prévôt des marchands, fit faire le grand perron, les escaliers, les portiques, la figure équestre de Henri IV et les autres ornements de la façade ; et pour les frais, Miron *avança neuf cents livres de ses propres deniers et renonça à plus de vingt-deux mille livres de droits attachés à sa charge.*

La statue de Henri IV fut placée sur le tympan de la grande porte, au même endroit qu'occupe encore aujourd'hui celle de ce prince : elle était en pierre de Trécy et passait pour un des chefs-d'œuvre de *Biard* l'aîné, statuaire parisien et élève de Michel Ange.

Ainsi, en **1605**, les travaux sont repris; en **1607**, la façade entière est terminée, moins le pavillon au-dessus de la chapelle du Saint-Esprit ; en **1608**, la grande salle est parachevée, le pavillon du côté du Saint-Esprit commencé, les colonnes sont apposées et le campanile est élevé sur le comble.

Une cloche d'Antoine Lemoine et une horloge fabriquée par Jean Luitlaer sont posées en **1612**.

En **1618**, il resta à construire le corps de logis donnant sur la cour à gauche, ainsi que les arcades qui devaient le soutenir.

La série de ces travaux jusqu'en 1628 fut dirigée par Marin de la Vallée, architecte français, ainsi que l'atteste l'inscription suivante dans le portique de la cour, sur un des caissons en pierre du plafond :

« Hanc ædificiorum molem multis jam annis inchoatam et affectam » Marinus de la Vallée, architectus parisin., suscepit an. 1606, et ad » ultimam usque periodum fœliciter perduxit, an. sal. 1628. »

Depuis Henri IV jusqu'au règne de Louis XV on n'exécuta à l'Hôtel-de-Ville aucun travail d'agrandissement : on s'occupa seulement de l'ornementation intérieure, qui fut exécutée avec beaucoup de luxe.

Vers le milieu du XVIIe siècle, les anciens bâtiments parurent insuffisants, et il fut question, à plusieurs reprises, de déplacer l'Hôtel-de-Ville. On pensa à le bâtir sur l'emplacement de l'hôtel de Conti, où s'élève aujourd'hui la Monnaie. Plus tard, on songea au terre-plein du Pont-Neuf, en prolongeant le terrain en arrière sur le sable vif et sur le tuf. Quoique le déplacement eût été voté à trois reprises différentes, on ne l'exécuta cependant pas, les Parisiens le voyant d'un mauvais œil. Alors, vers 1770, on vota l'agrandissement des anciens bâtiments. Une façade devait être élevée sur le quai, du côté de la Seine, et une annexe bâtie à la rencontre des rues Jean-de-l'Epine et de la Vannerie, à peu près où sont les constructions actuelles de l'Assistance publique. La pénurie d'argent empêcha de donner suite à ce projet, et l'administration se contenta de louer des maisons pour l'installation de ses bureaux.

Quand vint la Révolution, la Commune de Paris s'empara de l'Hôtel-de-Ville. Les statues, les tableaux, les objets d'art, tous les souvenirs de la royauté furent détruits. La statue de Henri IV, par Biard, dans le tympan de la porte principale, fut brisée et enlevée.

A la place de l'inscription qui la surmontait on mit ces mots :

« Publicité, responsabilité, sauvegarde du peuple;

Et dans l'arc de la porte, ces vers remplacèrent la statue du roi :

« Obéissez au peuple, écoutez ses décrets,
» Il fut des citoyens avant qu'il fût des maîtres,
» Nous rentrons dans les droits qu'ont perdus nos ancêtres.
» Le peuple, par les rois, fut longtemps abusé
» Il s'est lassé du sceptre et le sceptre est brisé. »

Les portraits des échevins furent enlevés de la salle du Trône, devenue salle des séances de la Commune et remplacés par les bustes de Marat et de Châlier.

Sous le Consulat, au mois de vendémiaire an XII, la préfecture de la Seine qui, depuis 1791, occupait une maison place Vendôme, fut installée à l'Hôtel-de-Ville, auquel on réunit les bâtiments du Saint-Esprit. On appropria les logis de l'ancien hôpital qui devint l'hôtel particulier du préfet. Les terrains occupés par l'église Saint-Jean furent achetés, et, sur l'emplacement de la chapelle de la Communion de cette église, on bâtit une grande salle, la salle Saint-Jean.

Napoléon Ier, à son tour, voulut établir un nouveau palais dans le fond de la place de Grève, au regard de la Seine. Cette combinaison se rattachait à l'ouverture d'une rue impériale, dans l'axe de la colonnade du Louvre et qui devait aboutir à la barrière du Trône. Un pont triomphal aurait relié la place de Grève, fort agrandie, avec Notre-Dame. Le devis de ces travaux s'élevait à 25,000,000 francs. Quant à l'ancienne maison des prévôts, complétement dégagée et restaurée, elle aurait servi de bibliothèque et de dépôt des archives de la Ville.

La Restauration rejeta le plan, le gouvernement de Juillet le remit au jour un instant, puis il fut définitivement écarté.

Enfin, ce fut sous Louis-Philippe, après tant de projets repris et abandonnés, qu'on en mit enfin un à exécution. Le comte de Bondy étant préfet, un premier plan fut présenté par M. *Godde*, architecte. Ce magistrat le repoussa comme trop dispendieux.

M. de Rambuteau, nommé préfet de la Seine, reprit le projet de M. Godde, le fit approuver par le Conseil municipal et adjoignit M. *Lesueur* à l'architecte. L'ordonnance royale était du 24 août 1836, et un an après, le 24 août 1837, les démolitions étaient faites et les nouvelles constructions commencées. En 1842, l'ensemble de ces bâtiments était à peu près achevé, le préfet prenait possession de ses appartements, et les bureaux étaient installés. De 1843 à 1846, on poursuivit les travaux nécessaires à l'achèvement des cours et on commença la décoration des salons de réception sur le quai.

Le gouvernement républicain, en 1848, fit continuer les travaux d'art, restaurer la salle du Trône, ajouter dix-huit statues dans les niches de la façade et daller l'ancienne cour.

En 1853, tous les travaux étaient terminés, et l'empereur Napoléon III inaugurait les nouveaux appartements, dans une grande fête donnée par la Ville à l'occasion de son mariage.

Depuis cette époque, la place a été régularisée, les bâtiments ont été dégagés de tous côtés ; au levant, par le percement de la rue de Rivoli ; au nord, par la démolition de la rue de la Mortellerie ; derrière, par la construction de la caserne Napoléon sur la rue Lobau. Du côté de la rue de Rivoli et du quai, des jardins sont établis.

Tous ces travaux ont coûté plus de 40,000,000.

DESCRIPTION

DE L'HOTEL-DE-VILLE.

I.

Les bâtiments de l'Hôtel-de-Ville forment un vaste parallélogramme dont les grands côtés, sur la place de Grève et sur la rue Lobau, mesurent 120 mètres de longueur : les deux côtés, sur le quai et sur la rue de Rivoli, en mesurent 80. Quatre pavillons construits aux angles de ce parallélogramme dominent d'un étage les bâtiments intermédiaires. L'ancienne façade, englobée dans les constructions récentes, se présente flanquée de deux pavillons carrés au-dessus desquels s'élèvent des combles avec de grandes cheminées en pierre.

Le corps de logis central se compose d'un rez-de-chaussée et d'un étage supérieur : les pavillons ont un étage de plus. Les fenêtres, les unes carrées, les autres cintrées, sont presque toutes surmontées de frontons et des meneaux en pierre les divisent en croix. Des colonnes cannelées, d'un ordre composite, s'ajustent entre les baies du rez-de-chaussée et vont se relier par des consoles renversées à des niches placées entre les fenêtres du premier étage. Les consoles sont couvertes de sculptures représentant des H entrelacés, des têtes d'anges et de génies, tantôt gracieux, tantôt grotesques. Les combles sont coupés au-dessus de la corniche par de hautes fenêtres de pierre ornées d'enroulements et de grandes figures de femmes tenant des palmes. Au milieu, un attique contient le cadran de l'horloge, environnée de statues en pierre, la Seine, la Marne, la Force, la Justice et la Ville de Paris au-dessus. Les statues de la Seine et de la Marne ont été refaites de nos jours par M. *Cavelier.* L'ancien campanile qui menaçait ruine a été démoli et un autre s'élève aujourd'hui sur le même plan, mais dans des proportions plus considérables et en rapport avec l'accroissement général du bâtiment. A l'entablement, deux génies accompagnent l'écusson aux armes de la Ville de Paris. Les constructions nouvelles, subordonnées aux lignes principales de cette architecture forment, avec l'ancien bâtiment, une majestueuse façade. Sur les consoles des nouvelles niches sont gravées les armes de la Ville et le chiffre de Louis-Philippe. Deux larges portes en arcade s'ouvrent au bas des pavillons du milieu. Celle de droite communique avec les appartements particuliers du préfet, l'autre donne accès dans la cour des bureaux.

Les bâtiments intermédiaires, sur chacune des trois faces, se composent de deux étages en arcade et sont ornés des mêmes ordres d'architecture que les pavillons d'angle, du côté du quai, les treize travées d'arcades sont séparées par des colonnes engagées.

Sur la rue Lobau, la galerie des Fêtes est indiquée extérieurement par une architecture plus riche. Les colonnes de cette façade sont tout-à-fait dégagées et s'élèvent entre chacune des quinze travées qui éclairent le corps de bâtiment.

Des statues allégoriques sont placées sur les piédestaux de la balustrade à jour, en avant des lucarnes en pierre sur les façades du quai, de la rue Lobau et de la rue de Rivoli.

Trois portes s'ouvrent sur la façade principale : celle de droite conduit à la cour qui dessert exclusivement les appartements particuliers du préfet ; celle de gauche, appelée

Cour des bureaux, donne accès dans toute la partie administrative de l'Hôtel-de-Ville et sert de passage pour arriver à la salle Saint-Jean. La porte du milieu mène, par un escalier de dix-neuf marches, à la cour d'honneur, plus haute d'un étage, située au milieu des anciens bâtiments et dont la disposition architecturale est restée intacte ; elle communique au moyen d'un escalier intérieur, à gauche, avec la cour des bureaux.

Les appartements du préfet occupent tout le rez-de-chaussée, du côté du quai et en retour, sur la place, jusqu'à la porte Saint-Jean. Les appartements du secrétaire-général occupent le rez-de-chaussée du pavillon d'angle, sur l'autre côté.

Pour le service des bureaux, on a réservé le bâtiment tout entier qui longe la rue de Rivoli, le côté gauche de la cour centrale, le rez-de-chaussée du côté droit. Les archives de la Ville sont situées au second étage du bâtiment qui regarde la Seine, et la bibliothèque occupe au même étage le pavillon d'angle de la rue de Rivoli et de la rue Lobau.

Les appartements municipaux, situés au premier étage, occupent toute la façade principale, la façade sur le quai et celle sur la rue Lobau. Les jours de grande réception officielle, une galerie ornée de glaces et de peintures décoratives, ménagée entre les bureaux de la comptabilité qui remplissent l'étage sur la rue de Rivoli, est ouverte et met en communication le dernier salon, le salon de la Paix, sur la rue Lobau, avec la galerie du secrétariat et la salle du Trône. De la sorte, la fête fait le tour tout entier de l'édifice, sur un parcours d'un kilomètre.

Les pavillons carrés construits aux angles de ce parallélogramme dominent d'un étage les bâtiments intermédiaires. Ces constructions nouvelles subordonnées aux lignes principales de l'ancienne architecture, forment avec elle une majestueuse façade interrompue seulement par les pavillons d'angle. Ces pavillons ont trois étages ornés de colonnes engagées ; ils sont surmontés de lucarnes sculptées et les archivoltes sont remplies par des sculptures en bas-reliefs : celles du pavillon Saint-Jean par ***Jouffroy***, ***Ottin***, ***Dantan*** ; celles du pavillon ouest par ***Brian***, ***Seurre*** et ***Simart***. Les quarante-six niches de la façade situées entre les fenêtres, dans les entre-colonnements sont toutes ornées de leurs statues, dont nous donnons la liste avec le nom des artistes qui les ont sculptées :

PAVILLON DU COTÉ DE LA SEINE.

TROIS RANGS DE NICHES.

PREMIER RANG :

Le général LAFAYETTE,	par	*Chenillon*,
CONDORCET,	»	*Carrier*,
LAVOISIER,	»	*Toussaint*.

DEUXIÈME RANG :

Le maréchal CATINAT,	par	*Demesmay*,
COLBERT,	»	*Mercier*,
Nicolas DE LA REYNIE (1)	»	*Protat*.

TROISIÈME RANG :

MOLIÈRE,	par	*Ottin*
BOILEAU-DESPRÉAUX.	»	*Maiddron*,
DE THOU,	»	*Petit*.

(1) Né en 1625, Lieutenant de police sous Louis XIV.

GRANDE FAÇADE.

Frochot (1),	par	*Desprez*,
Sylvain Bailly (2),	»	*Husson*,
Turgot,	»	*Foyatier*,
L'abbé de l'Épée,	»	*Préault*,
Rollin (3),	»	*Caillouette*,
Mathieu Molé (4),	»	*Droz*,
Jean Aubry (5),	»	*Gayrard*,
Robert Etienne (6),	»	*Lescorné*.
François Miron (7),	»	*Jaley*,
Guillaume Budé (8).	»	*Brian*,
Michel Lallier (9),	»	*Ant. Moyne*,
Pierre de Viole,	»	*Duseigneur*,
Juvénal des Ursins,	»	*Dantan* aîné,
Maurice de Sully (10),	»	*Desprez*,
Saint-Landry (11).	»	*Debay* fils,
Hugues Aubriot (12).	»	*Lequien*.
Etienne Boyleaux (13),	»	*Huguenin*,
Jean Goujon	»	*Chardigny*,
Pierre Lescot,	»	*Brun*,

(1) Né en 1761, premier Préfet de la Seine.

(2) Né en 1736, premier Maire de Paris, meurt sur l'échafaud en 1793.

(3) Né en 1681, Recteur de l'Université de Paris, auteur de grands travaux historiques.

(4) Né en 1584, prémier Président du Parlement de Paris, 1584-1656.

(5) Premier Juge consulaire, sous Charles IX.

(6) Célèbre imprimeur français, 1503-1559.

(7) V. la Préface.

(8) Bibliothécaire de François Ier, provoque la fondation du Collége de France, 1467-1540.

(9) Prévôt des marchands, chasse les Anglais de Paris avec l'aide des bourgeois, sous Charles VI.

(10) Évêque de Paris en 1162, fait construire Notre-Dame.

(11) Évêque de Paris en 653, fonde l'Hôtel-Dieu.

(12) Prévôt des marchands sous Charles V, fait bâtir la Bastille en 1369.

(13) Prévôt de Paris, mort en 1269.

Gozlin (1),	par	*Grevenich*,
Philibert Delorme.	»	*Fauginet*,
Jean de la Vacquerie (2),	»	*Auvray*.
Saint Vincent-de-Paul	»	*Ramus*,
Eustache Lesueur,	»	*Chenillon*,
Charles Lebrun,	»	*Caunois*.
Mansard,	»	*Fauginet*.
Voyer d'Argenson (3),	»	*Valcher*,
Perronet (4),	»	*Ant. Moyne*.

PAVILLON DU COTÉ DE LA RUE DE RIVOLI.

PREMIER RANG :

Le baron Gros 1771-1835,	par	*Millet*
Monge (5),	»	*Gruyère*.
Monthyon,	»	*Gayrard*.

DEUXIÈME RANG :

Buffon 1707-1788,	par	*Deligand*,
d'Alembert 1717-1783,	»	*Diébolt*,
Voltaire 1693-1778,	»	*Husson*.

TROISIÈME RANG :

Achille de Harlay,	par	*Barre*,
Papin (6),	»	*Calmels*,
Ambroise Paré,	»	*Ramus*.

(1) Évêque de Paris, conseiller de Charles-le-Chauve, fortifie la capitale.
(2) Premier Président du Parlement de Paris, mort en 1497.
(3) Premier Lieutenant de police, garde-des-sceaux, 1597-1721.
(4) Ingénieur célèbre 1708-1794, auteur du pont de la Concorde.
(5) Un des fondateurs de l'École Polytechnique.
(6) Auteur de la première application de la vapeur à la mécanique, mort en 1710.

II.

Les vantaux de la porte du milieu par laquelle nous entrons dans l'Hôtel-de-Ville sont ornés de têtes de Méduse en bois sculpté, d'un caractère remarquable.

Dans le tympan de la porte, une statue en bronze, demi-bosse, représentant Henri IV, à cheval, couvert de son armure, la tête nue, tenant en main un rameau d'olivier, remplace l'œuvre de *Biard* l'aîné. Elle a été coulée en bronze, sur le modèle de M. *Lemaire*, membre de l'Institut, et placée en cet endroit, en 1836.

On monte à la cour centrale en passant sous une voûte en arcade ornée de caissons en pierre sculptée. A l'intérieur, au revers de la statue, se trouve une inscription dans un cadre soutenu par deux anges sculptés par *Biard*.

Sur le palier sont : 1° sous l'arcade à gauche, la statue de *Coyzevox*, qui passe pour son chef-d'œuvre. Restée cachée dans les magasins du Roule jusqu'en 1814, le sculpteur *Dupasquier* et le fondeur Thomire furent chargés de la restaurer.

A droite, comme pendant, un modèle en plâtre bronzé d'une statue pédestre de François Ier, par *Jaley*. Le sculpteur atteint d'une grave maladie a renoncé à son travail et l'œuvre vient d'être confiée à un nouvel artiste, M. *Cavelier*, membre de l'Institut.

Au bas de chacun des deux escaliers sont des anges en bronze, moulés sur les anges de la fontaine des Amours du parc de Versailles, à l'occasion de la fête donnée à la reine d'Angleterre.

Tout autour de la cour, sous les portiques, sont, dans le mur, des lucarnes rondes accompagnées de figures dans des attitudes variées, en pierre, sculptées sans doute par *Thomas Choqueur*.

La cour est entourée d'un double portique avec colonnes engagées, d'ordre ionique au rez-de-chaussée, de style corinthien au premier étage. Ces portiques, autrefois ouverts, sont maintenant fermés par des fenêtres. La cour a la forme d'un trapèze dont la base est au fond, et les angles du petit côté s'arrondissent en forme de tourelle. Les lucarnes des combles sont ornées d'une sorte de portique accompagné de chaque côté d'une arcade étroite, de style renaissance et surmontées d'un couronnement dans lequel sont les armes de la Ville de Paris, soutenues par des petites figures en pierre. Elles sont au nombre de douze, trois sur la base, trois sur chacun des deux côtés. Sur la quatrième face de la figure, deux des lucarnes s'ouvrent dans les tourelles, une est seule au milieu.

Dans l'angle obtus à gauche, sur le comble et en saillie, une sorte d'Atlas tout nu, en pierre sculptée ; il porte sur sa tête une lourde pyramide sur laquelle sont dessinées, dans une coquille, les heures d'un cadran solaire.

Sous l'administration de M. Haussmann, la cour a été embellie et couverte d'une grande armature vitrée. Les combles ont été modifiés, les colonnes et les frises revêtues de stuc, et les chapiteaux cerclés en bronze et dorés, la fontaine et l'escalier construits (1860-1861). Cet escalier s'ouvre par quelques marches au milieu de la cour, puis il se sépare en deux rampes qui décrivent une courbe en dehors et reviennent aboutir à un palier commun sous la fenêtre du milieu, au premier étage de la façade. La balustrade en fer forgé est d'un dessin élégant et riche.

Au pied de l'escalier sont deux torchères en fonte bronzées et dorées, sur les modèles des frères *Debay* (1859).

La fontaine est presque entièrement sous l'escalier. Les réservoirs d'eau, en pierre, suivent la forme des rampes et le groupe principal est sous le palier du haut.

Ce groupe, en marbre, se compose de quatre figures

d'enfants, réunis dos à dos, portant sur la tête un vase à quatre lobes. Ils sont debout sur une sphère entourée du zodiaque et soutenue au milieu d'une vasque ronde en marbre, sur piédouche, par quatre dauphins. Les enfants représentent les quatre saisons avec leurs attributs :

Le Printemps tient une couronne de roses, et un papillon voltige sur sa main ;

L'Été; à côté de lui, un panier rempli de fruits;

L'Automne s'appuie sur un joug ;

L'Hiver, entouré de draperies et de fourrures, grelotte et se chauffe les mains à un brasier.

Les rampes sont soutenues tout autour par des colonnes renaissance ; celles qui soutiennent le palier sont carrées, et les piliers près des portiques sont ornés de figures de femmes en cariatide.

Dans les bassins, soit au milieu, soit au bord au pied des colonnes, sont des enfants montés sur des tortues, des crocodiles et autres animaux marins : des tritons sonnent dans une conque, d'autres nagent au milieu de l'eau. Tous ces groupes sont en marbre blanc.

Cet escalier ne sert que dans les grandes réceptions ; il monte à la salle du Conseil municipal qui, pour les fêtes, est mise en communication avec la grande galerie de la rue Lobau.

Nous gravissons l'escalier et nous entrons dans la salle du Conseil municipal.

SALLE DU CONSEIL MUNICIPAL.

Cette salle a la forme d'un parallélogramme éclairé par trois fenêtres de chaque côté servant de salle de délibérations pour le conseil. Une porte la met en communication avec le salon des Cariatides et divise le mur du fond en deux grands panneaux.

Ces panneaux sont remplis par quatre peintures de M. *Yvon*, dont les sujets ont été choisis et donnés par la Commission des beaux-arts (1865).

Ils se rapportent tous à l'histoire de Paris et les titres sont inscrits en lettres d'or au-dessus de chaque composition :

1° CLOVIS fait de Lutèce la capitale de son royaume. Au premier plan coule la Seine ; au dernier plan on aperçoit une sorte de forteresse qui figure Lutèce et sur les murs de laquelle est réunie une foule bigarrée. Sur le terrain intermédiaire, se dirigeant en diagonale de gauche à droite, passe une procession mêlée de clergé et de gens d'armes. au milieu de laquelle apparaît Clovis, debout sur un bouclier porté par des guerriers francs ;

2° PHILIPPE-AUGUSTE, avant de partir pour la Terre-Sainte, confie à son peuple la tutelle de son fils et la garde de son trésor.

Sur la gauche, le roi, debout sur son trône , tient une main sur la tête de son fils. Assis à ses côtés, sont la reine et l'archevêque. Devant le trône, sur la droite, les bourgeois sont assis sur des banquettes : un d'entre eux est levé et répond au roi.

3° FRANÇOIS Ier pose la première pierre de l'Hôtel-de-Ville.

François Ier descend quelques marches devant lesquelles est la plaque en cuivre gravée sur la pierre qu'il va sceller. A gauche, le prévôt, sans doute, ramassant du plâtre dans une auge, tend la truelle au roi. Derrière, les échevins ; sur la droite, les gentilshommes de la cour ; sur le second plan, un cordon d'archers contient la foule, et la silhouette de Notre-Dame apparaît au fond.

4° L'empereur NAPOLÉON III remet à M. Haussmann, préfet de la Seine, le décret d'annexion des banlieues de Paris.

L'empereur, debout, en costume de général, remet par dessus la table, à M. Haussmann, le décret d'annexion. Le préfet, revêtu de son costume officiel, se penche en avant pour le recevoir ; il est suivi de deux membres du conseil municipal, MM. Dumas et Chaix-d'Est-Ange. Derrière la table se tient debout, en habit noir, un ministre, M. Duruy. Derrière l'empereur, le ministre d'Etat, Achille Fould, le maréchal Magnan et le général Fleury.

La frise est décorée de bas-reliefs en stuc, sculptés par M. *Oudiné* (1860) :

1° La Peinture et la Sculpture,
2° L'Agriculture,
3° La Minéralogie,
4° La Musique et l'Architecture,
5° La Mécanique,
6° La Philosophie,
7° Les Belles-Lettres,
8° La Chimie et la Physique,
9° Les Sciences et l'Industrie,
10° Le Commerce et la Législation,
11° La Morale et la Politique,
12° La Poésie et l'Histoire.

Ces sujets, qui se composent de petites figures, sont dans des encadrements dorés.

Sur les murs de côté, au milieu de fausses cheminées dont la tablette est surmontée de grandes cariatides renaissance, des anges en marbre, également sculptés par

M. Oudiné, soutiennent un médaillon creusé en niche dans lequel sont, à droite, le buste de l'Empereur, marbre par M. *Iselin* ; à gauche, celui de l'Impératrice.

Dans la première des salles de délibérations sont trois bustes en marbre : ceux du fils et de la fille de la reine d'Angleterre, donnés par elle à la Ville, et celui du roi Victor-Emmanuel, envoyé par lui en souvenir de sa réception à l'Hôtel-de-Ville. En sortant de la salle du Conseil municipal, par le couloir à droite, nous arrivons à la galerie du Secrétariat et au cabinet du Secrétaire-général.

Les trois pièces qui composent ce cabinet n'offrent point d'intérêt artistique; cependant nous trouvons dans celle occupée par le secrétaire-général deux portraits d'échevins, attribués à *Largillière.* Ces deux toiles ont été léguées à la Ville, à condition qu'elles orneraient une pièce des bâtiments municipaux, par Mme Honorine Chauvin, fille et petite-fille des deux échevins, le 18 septembre 1856.

GALERIE DU SECRÉTARIAT.

Cette galerie longe les trois chambres dont nous venons de parler et fait pendant à la galerie de marbre. Elle donne sur la cour des bureaux et fait communiquer la salle du Trône avec la galerie des Glaces, au milieu de laquelle on fait correspondre tous les appartements, les jours de grande réception.

Elle est ornée de huit tableaux d'artistes contemporains, représentant des vues des environs de Paris, 1855.

En allant de gauche à droite :

1° Vue de Saint-Denis-Saint-Ouen. On aperçoit la vieille église royale, par *Lecointe* ;

2° La Cascade du premier lac du Bois de Boulogne, par *Paul Flandrin* ;

3° Vue de Châtillon-Clamart, par *Al. Desgoffe* ;

4° Vue de Sceaux-Aulnay, par *Al. Desgoffe ;*

5° Vue d'Arcueil-Paris, par *Bellec* ;

6° Le Pont de Champigny, la Marne, par *Bellet* ;

7° La Butte Montmartre, et le Panorama de Paris, par *Hédouin* ;

8° Le Bois de Vincennes, le Château et le Donjon, par *Hédouin.*

SALLE DU TRONE.

La salle du Trône n'est guère plus intéressante aujourd'hui que par ses deux cheminées monumentales, les souvenirs des œuvres d'art qui la décoraient et l'histoire des événements qu'elle a vus. En effet, sa physionomie a été complétement modifiée. Son plafond a été exhaussé et les sujets en carton-pâte qui en décorent les caissons n'offrent aucun attrait artistique. Des lustres énormes, suspendus au plafond, l'encombrent totalement ; la boiserie moderne qui court le long du mur et les sept portes sculptées qui donnent accès dans ce salon sont des œuvres de menuiserie moderne, où le goût et l'art sont complétement effacés par une richesse lourde et massive. Les parois des murailles, où s'étalaient autrefois les *Largillière,* les *Vanloo,* les *Bon Boulogne,* sont couvertes d'une décoration provisoire peu heureuse. Enfin, pour achever l'abaissement de cette belle salle historique, elle sert d'antichambre aux huissiers de service.

De ces deux cheminées, l'une surtout est remarquable : celle du côté de la galerie du Secrétariat. Elle est de *Biard,* l'élève de Michel-Ange, et date de l'an 1608.

Les piliers sont formés de consoles ventrues se terminant en terme et surmontées d'une tête de faune barbu ou d'une tête de femme. Ils sont au nombre de deux de chaque côté. Au-dessus de la tablette sont assises et accoudées deux figures, de grandeur naturelle, en pierre.

D'un côté, une femme, un des plus remarquables morceaux de sculpture échappé au ciseau de ***Biard***, et dans lequel on sent comme un souffle de son maître ; de l'autre côté, un homme à la musculature accentuée. Le chapiteau est soutenu par deux colonnes en marbre noir, et sur chacun de ses côtés est assise une renommée tenant une trompette. Dans le cadre du milieu on a placé, en **1830**, un écusson aux armes de la Ville, supporté par un groupe d'enfants. Entre les deux figures de la tablette est un buste en marbre de l'Impératrice, par ***Craük*** (**1860**).

L'autre cheminée est de ***Bodin***. Les montants sont des termes à têtes de satyre et de femme : ils sont au nombre de six ; un coussin en pierre est placé sur leurs têtes et soutient la tablette. Sur celle-ci, deux figures en pierre sculptée, de grandeur naturelle, une Minerve et une Junon. Deux piliers en marbre noir soutiennent l'attique, où deux renommées assises embouchent la trompette. Dans le cadre du milieu, dans un médaillon ovale, un portrait de l'Empereur à cheval, par ***Horace Vernet***.

Entre les figures de la tablette est une tête surmontée d'une couronne obsidionale, en bronze doré. Cette tête a été moulée sur l'antique qui existe à la bibliothèque impériale et qui a appartenu à une statue emblématique de l'époque romaine, qui représentait la Ville de Paris.

En **1830**, on avait commandé aux artistes suivants, quatre grandes toiles destinées à orner les panneaux du grand mur qui fait face aux fenêtres : à ***Paul Delaroche***, le Peuple revenant vainqueur de la Bastille ; à M. ***Léon Cogniet***, la Proclamation de Bailly, comme maire de Paris ; à M. ***Schnetz***, le Combat sur la place de Grève, dans la journée du **28** juillet **1830** ; et à ***Drolling***, l'Entrevue du roi Louis-Philippe et du général Lafayette à l'Hôtel-de-Ville.

Cette dernière composition n'a point été terminée, la mort n'a pas laissé à l'artiste le temps de l'achever.

Quant aux trois autres, elles n'ont jamais été mises en place et sont reléguées dans les magasins de la Ville.

Les panneaux sont couverts aujourd'hui de grandes peintures décoratives, dites provisoires, imitant la tapisserie des Gobelins. Ce sont des sujets allégoriques, personnifiant, dans une femme, la Ville de Paris, à différentes périodes : au ve siècle, au XIIe, au XVIIe et au XIXe. Le fond de chaque tableau est occupé par des monuments qui caractérisent l'époque ; les Termes et le Palais de Julien, les Dieux païens et la Domination romaine au ve siècle ; l'Art gothique, Notre-Dame, la Sainte-Chapelle, au XIIe siècle ; les Invalides, le Louvre, la Porte-Saint-Denis, le Siècle de Louis XIV, au XVIIe, et le Panthéon, l'Arc-de-Triomphe, la Navigation, les Chemins de fer, caractérisent le progrès au XIXe.

Ces peintures, ainsi que les décorations secondaires des panneaux, entre les fenêtres et ailleurs, sont l'œuvre de M. *Séchan.*

Les portes, en bois sculpté, sont au nombre de sept. Dans le panneau supérieur, au milieu d'un médaillon rond, on voit, en demi-bosse, une tête d'homme célèbre, et dans un cartouche du panneau inférieur est le nom des arts ou des sciences dans lesquels il s'est illustré. Ce motif est ainsi répété quatorze fois :

Economie . . . . SULLY.
Administration . . . . . COLBERT.
Eloquence . . . . BOSSUET.
Législation . . . . MONTESQUIEU.
Tragédie . . . . CORNEILLE.
Comédie . . . . MOLIÈRE.
Peinture . . . . N. POUSSIN.
Sculpture . . . . JEAN GOUJON.
Architecture . . . . . PH. DELORME.
Génie militaire . . . . . VAUBAN.

Histoire naturelle . . .	BUFFON.
Sciences.	DESCARTES.
Marine	DUGUAY-TROUIN.
Guerre	TURENNE.

SALON DU ZODIAQUE.

Ce salon tire son nom des douze signes du zodiaque qui y ont été sculptés, dans la boiserie, par *Jean Goujon*; elle sert aujourd'hui de salon d'attente au cabinet du préfet de la Seine.

Elle est entourée de tous côtés, à peu près jusqu'au deux tiers de la hauteur du mur, d'une boiserie sculptée en partie. Le panneau, entre les deux portes qui ouvrent sur la salle du Trône et la porte qui lui fait face, est simplement couvert d'appliques, en pâte, sur lesquelles on a passé une couleur chêne.

Les deux portes dont nous venons de parler sont en bois sculpté. Dans un médaillon réservé au milieu du panneau supérieur et entouré d'ornements renaissance du plus joli style, est représenté, sous une forme ancienne, finement travaillé et fouillé, le Vaisseau de la Ville de Paris.

Sur le mur du fond, de chaque côté de la cheminée, et sur le mur de droite, de chaque côté de la porte, *Jean Goujon* a sculpté, dans l'épaisseur, douze personnages répondant aux signes du zodiaque, dont la forme allégorique se trouve reproduite dans de petits médaillons ronds, réservés au-dessus des sujets:

1° Dans le médaillon, le *Bélier*: au-dessous, un homme en costume italien, de fantaisie, appuyé contre un fût de colonne;

2° Le *Taureau*: une femme, drapée à l'antique, tient un bras levé et porte à l'extrémité le médaillon lui-même;

3° Les *Gémeaux*, sous la forme d'un homme et d'une femme; au-dessous, Diane chasseresse;

4° Le *Cancer :* un berger, la tête couverte du pétase grec ;

5° Le *Lion :* au-dessous un faucheur ;

6° La *Vierge*, sous la figure d'une femme qui tient une palme ; au-dessous, un campagnard qui coupe des blés avec une faucille ;

7° La *Balance* : un homme entre dans une cuve, foule le raisin avec ses pieds ;

8° Le *Scorpion :* un homme qui s'en va semant ;

9° Le *Sagittaire :* un homme attise un feu de bois au milieu duquel brûle une bête sauvage ;

10° Le *Capricorne* : un homme présente un plat de fruits.

Le 11e et le 12e signes ont été dégradés et sont recouverts d'une épaisse couche de peinture qui empêche de distinguer les sujets sculptés par l'artiste.

Dans les caissons qui entourent le plafond central, sont quatre paysages de M. *Coignet* (1859), figurant les quatre saisons par les différents aspects de la nature :

1° Le Printemps : paysage arrosé par un ruisseau sur les bords duquel un berger et une bergère font paître leur troupeau ;

2° L'Été : un poëte, assis à l'ombre d'un arbre gigantesque, contemple la nature pleine de soleil ; dans le fond, des moissonneurs coupent les blés murs ;

3° L'Automne : paysage mélancolique, soleil couchant, les arbres sont dépouillés, et un laboureur, fatigué d'une journée de travail, mène devant lui une charrue attelée de deux bœufs dont les mufles fument ; à droite, un tombeau antique ;

4° L'Hiver : au milieu d'une forêt de pins, couverte de neige, un ours s'avance et flaire une cognée fichée dans un tronc d'arbre, qui lui révèle le voisinage de l'ennemi.

La salle du Zodiaque est mise en rapport avec le salon Napoléon, qui sert de cabinet au préfet de la Seine par un couloir décoré blanc et or, qui communique, à gauche, par une porte dans la tapisserie avec la galerie de marbre, à droite, avec le cabinet du secrétaire de service.

SALON NAPOLÉON.

Ce salon s'appelait autrefois Salon du Roi; les initiales de Louis-Philippe figurent dans tout l'ameublement. Les murs sont couverts d'une tenture en tapisserie rehaussée d'or, la cheminée est en marbre de Sienne avec des colonnes en vert antique.

Le plafond est orné d'une grande composition de M. *Schopin* (1857) qui représente, allégoriquement, le Vote du 22 décembre 1851 :

La France, appuyée sur la Force et sur le Vote, reçoit, avec calme et confiance, le résultat des suffrages de toutes les villes de son territoire. Derrière elle, la Justice préside et veille. Paris, Lyon, Bordeaux, sous la figure de femmes aux attributs différents, s'avancent les premières pour déposer leur vote ; Marseille les suit, entraînant avec elle l'Algérie et la Corse. De l'autre côté accourent, avec la presque unanimité des suffrages, les blondes villes du nord : Lille, Metz, Strasbourg, Rouen, Amiens, etc.

Toutes ces villes sont entourées des communes qui viennent, portant des drapeaux et des bannières, compléter les sept millions cinq cent mille voix qui doivent sortir de l'urne électorale. Le salon Napoléon communique aussi avec l'antichambre des appartements municipaux.

Les visiteurs arrivent à ces appartements par la *Galerie de marbre* dont la disposition est la même que celle de la galerie du Secrétariat. Elle ouvre, d'un côté sur la salle du Trône, et aboutit de l'autre au palier supérieur de l'escalier des appartements particuliers du préfet. Les sculptures d'ornement de cet escalier, son plafond, les bas-reliefs des tympans qui représentent les arts, les sciences et l'industrie, sont dus aux ciseaux de MM. *Combette*, *Vénot*, *Brion*, *Debay*, *Caudron*, *Desprez* et *Marneuf*. Le bas-relief, entre les deux rampes, qui personnifie la Ville de Paris, est de M. *Guersant*, et les statues qui décorent les niches sont des surmoulages d'après l'antique.

Un petit modèle en bronze de la statue de Henri IV enfant, de *Lemot*, est placé entre les colonnes sur le palier; deux jolis vases en bronze, réduction de grands vases en marbre du Château de Versailles, sont de chaque côté.

GALERIE DE MARBRE.

Cette galerie est décorée de huit tableaux, fort remarquables, d'*Hubert Robert* (1733-1808) qui proviennent de l'ancien hôtel de Beaumarchais, acheté par la Ville de Paris en 1818 pour faciliter l'ouverture du canal Saint-Martin. Ces peintures, qui ornèrent longtemps l'ancienne habitation du préfet, furent reléguées et oubliées dans les greniers pendant la construction des nouveaux bâtiments. En 1852, M. Berger, préfet de la Seine, les fit restaurer et placer à l'endroit où nous les voyons aujourd'hui.

Chacun de ces tableaux représente, dans un joli paysage, un des chefs-d'œuvre de la statuaire antique, devant lequel se passent différents épisodes se rattachant au sujet traité par la sculpture :

I. — Une statue de Pomone adossée à un temple rond, dont le bas est caché par un bouquet d'arbres : sur une large pierre, aux pieds de la déesse, des femmes apportent et déposent des fleurs et des fruits;

II. — La statue de Laocoon : du piédestal sort une source qui verse ses eaux dans une large vasque. Des bergers ayant amené leurs troupeaux s'abreuver en cet endroit, voient un serpent, élevé sur lui-même, boire à la fontaine.

III. — Devant les arènes en ruines, s'élève la statue du Gladiateur. Tout auprès, deux enfants se battent, la mère s'apprête à les séparer.

IV. — Sur la gauche, la Vénus Callipyge. Contre le socle de la statue, un homme appuyé regarde tomber de son âne, qui rue, une femme dont les jupons se relèvent dans sa chute.

V. — Au fond, sur un grand piédestal, le Marc-Aurèle du Capitole ; un soldat, tout bardé de fer, achète des fleurs à des femmes.

VI. — L'Apollon du Belvédère au milieu du temple en ruines; sur les gradins, des hommes assis avec des cartons, copiant la statue.

VII. — Au milieu des ruines, restes du temple dédié à Hercule, un homme soulève à lui seul une dalle énorme qui laisse voir l'entrée d'un caveau. A côté de lui sont deux femmes.

VIII. — A gauche, sur les bords d'une pièce d'eau, est la statue de Vénus ; et derrière, un temple. Un batelier conduit vers ce rivage deux jeunes amants qui s'embrassent.

ANTICHAMBRE.

Les tentures de cette pièce sont en cuir gauffré, vert et panne.

Dans l'embrasure de la fenêtre est une statue en bronze, représentant Henri IV enfant, par *Bosio*.

SALON D'ANNONCE.

Ce salon est tendu de soie damassée, orange et blanc. Les peintures de la frise sont de *Court*. Elles retracent des sujets de décoration et de fantaisie : des sirènes jouant avec des bijoux, des fleurs, et coquetant dans des miroirs, et des amours s'enroulant dans des guirlandes formées de feuilles, de fleurs, de fruits et d'oiseaux.

PREMIER SALON DE JEU.

Tenture en damas de soie cerise.

Le plafond est divisé en compartiments, entre lesquels courent de gracieuses arabesques, tandis que les fonds sont ornés de sujets de fantaisie, des amours, des corps de femmes se terminant en feuilles, des têtes d'enfants rayonnant autour d'une sphère étoilée, etc. Cette décoration est de *Lachaise*.

On voyait autrefois dans ce salon les portraits de Louis-Philippe et de la reine Amélie, par *Winterhalter ;* ils ont été détruits lors de l'envahissement de l'Hôtel-de-Ville, en 1848.

SALONS A ARCADES.

PREMIER SALON.

Ce salon se compose de trois pièces, et les deux murs de refend du milieu sont percés à jour par trois larges arcades chacun, qui ne laissent que des pieds-droits assez minces.

Le premier salon est décoré de peintures à fresques, par *Schopin*.

Dans les deux grands caissons du plafond, l'artiste a représenté le Jour et la Nuit. Le Jour, sous les traits d'Apollon, plane dans l'éther et tient d'une main un globe d'or; de l'autre, une balance, un aigle vole à ses côtés. La Nuit, sous les traits de Diane, apparaît toute nue et étend sur le monde un manteau sombre; une chouette l'accompagne. Dans les douze compartiments plus petits qui bordent ces deux peintures, on voit, sur fond d'or, les signes du zodiaque personnifiés par des groupes d'hommes et de femmes. Dans chacun est dessiné le signe astronomique de la figure.

Dans les tympans des deux portes sont les médaillons de François Ier, qui a commencé, et de Henri IV, qui a achevé le vieil Hôtel-de-Ville; chacun de ces médaillons est accosté de deux figures de femmes allégoriques.

Les pieds-droits sont ornés de petits sujets dans la hauteur, ainsi que les faux pieds-droits du gros mur plein. Dans les archivoltes sont peints des anges dans des attitudes diverses se rapportant à la décoration qu'ils surmontent.

Sur les quatre pieds, à droite et à gauche, qui touchent aux fenêtres, sont figurés les quatre éléments :

1° L'Air : les vents enchaînés, un ballon; et dans le pendentif, l'Amour tient un oiseau ;

2° La Terre, qu'une femme assise déchire avec un socle de charrue; l'Amour porte un rateau et un crochet ;

3° L'Eau, personnifiée par des sources sous la forme de femmes, des fleuves barbus, etc. En bas, le Déluge, l'Amour est à cheval sur un aviron ;

4° Le Feu : Jupiter lance ses foudres, des Titans vomissent de la flamme. En bas, la Terre est en feu, l'Amour porte une torche.

Sur les piliers du milieu sont figurées les quatre saisons sous la figure de femmes. L'Amour, au-dessus du Printemps, tient un arc et des flèches ; au-dessus de l'Eté, une gerbe et un fléau ; au-dessus de l'Automne, une coupe et un thyrse ; et une peau de bête féroce, des armes de chasseur, au-dessus de l'Hiver.

Au-dessous des saisons sont inscrits les noms en grec.

DEUXIÈME SALON.

Le tableau du grand plafond est l'œuvre de *Picot.*

La Ville de Paris, assise sur un trône, devant le Temple de l'Immortalité, voit à ses côtés toutes les vertus, tous les biens et tous les arts qui font la force d'une grande nation.

A sa droite, l'Abondance, la Paix, la Charité, la Médecine, l'Enseignement et le Travail ; à sa gauche, la Force ou la Loi, les Beaux-Arts, les Sciences, l'Armée et la Milice, et l'Agriculture. Dans une sorte d'hémicycle nébuleux, autour du Temple, sont assis les grands hommes de la France, dans toutes les branches du génie.

Le reste de la décoration a été exécuté par *Auguste Hesse* (1865).

La composition de Picot est entourée de dix compartiments en losange, où *Hesse* a figuré, sous la forme de femmes assises, les dix sujets suivants :

1° L'Agriculture, accompagnée d'instruments aratoires, et tenant une branche chargée de fruits ;

2° La Jurisprudence, avec des livres de loi ;

3° La Loi, appuyée sur un faisceau avec un bouclier ;

4° La Physique, avec une machine électrique ;

5° La Chimie, auprès d'un fourneau chargé d'alambics et de cornues ;

6° La Justice, tenant un glaive et une balance ;

7° La Géométrie, traçant des figures avec le compas ;

8° La Théologie, ayant des livres saints ouverts devant elle ;

9° La Médecine, tenant un caducée autour duquel s'enroule un serpent, et accompagnée d'un coq chantant ;

10° La Mécanique, levant une pierre au moyen d'un bras de levier ;

Sur les pieds-droits sont des décorations analogues à celles du premier salon, et des amours sont peints au-dessus :

1° La Géologie : l'Amour au-dessus tient une planche de papillons ;

2° La Philosophie : on voit au-dessous les jardins académiques d'Athènes, et l'Amour porte un gros livre dans ses bras ;

3° L'Astronomie, figurée par trois planètes : Uranus, Saturne et Jupiter ; l'Amour tient une sphère ;

4° Le Feu souterrain : un volcan en irruption ; une femme couverte d'un voile transparent ; l'Amour tient un globe terrestre entr'ouvert ;

5° La Marine : des bâtiments qui voguent sur les eaux ; l'Amour porte une ancre ;

6° L'Industrie : deux hommes battent un fer rougi à blanc ; l'Amour tient une ruche d'où s'échappent des abeilles ;

7° La Géographie : des femmes et des animaux de tous les continents ; l'Amour tient un globe terrestre ;

8° La Guerre : Pallas et des Nations vaincues ; l'Amour porte un glaive.

TROISIÈME SALON,

Les peintures décoratives de ce troisième salon sont consacrées aux arts et aux lettres. Il a été peint tout entier par *Vauchelet.* Sa disposition est la même que celle du premier salon.

Dans les compartiments principaux du plafond on voit le Génie et la Vérité :

Le Génie au milieu des nuages, une flamme sur le front; à droite, un ange lui tend des pinceaux; un autre, à gauche lui tend une plume;

La Vérité, toute nue, un amour lui tend un miroir; un autre écarte le reste du voile qui pourrait la couvrir encore.

Dans chacun des douze caissons qui font bordure de chaque côté, une femme assise, sur fond d'or, tient une banderole sur laquelle sont écrits les noms des hommes les plus célèbres dans les lettres et dans les arts.

Peintures sur les pieds-droits et anges dans les archivoltes:

1° La Sculpture : une femme devant un buste antique; plus bas, un camée; l'Amour porte un groupe sculpté;

2° La Peinture: une femme tient un carton sous le bras; l'Amour tient un médaillon sur lequel est peinte la Vierge à la chaise de Raphaël;

3° La Musique : elle tient une guitare;

4° L'Architecture : elle tient un compas; l'Amour tient achevé, au bout de son bras, un temple antique;

5° La Tragédie, habillée en reine; elle tient un poignard; au-dessous, Oreste; l'Amour porte une urne et un poignard;

6° La Poésie pastorale : deux femmes jouant de la flûte champêtre; au-dessous, des faunes et des sylvains; l'Amour porte des fleurs et des couronnes;

7° La Poésie héroïque : deux femmes couronnées de laurier, tenant un poignard à la main; l'Amour tient une palme et un glaive.

8° La Comédie : elle tient un masque; au-dessous, une femme avec un fouet sur ses genoux; l'Amour tient un masque et un miroir.

Dans les tympans au-dessus des portes, les médaillons de Louis XIV et de Louis-Philippe, accostés de figures allégoriques. En 1848, le médaillon de Louis-Philippe avait été détruit. M. *Vauchelet* le rétablit en 1852.

DEUXIÈME SALON DE JEU.

Tenture de damas de soie cerise.

Même système de décoration que dans le salon rouge qui précède les salons des Arcades.

Les caissons du plafond ont été peints par *Vauchelet*, Ils représentent des sujets mythologiques et d'ornements, des fleurs et des fruits, des colliers de têtes ailées, des tritons et des sirènes, des amours jouant avec de grands volatiles, entre autres l'Enfant à l'oie, des amours et des chars traînés par des lions, des tigres et des animaux chimériques.

SALLE A MANGER.

Cette salle est décorée de peintures à fresques, par *G. Jadin* (1841).

Quatre sujets couvrent la frise dans toute sa longueur: la Chasse, la Vendange, la Pêche et la Moisson. A chaque extrémité de la composition sont peints, en médaillons, les portraits des héros, demi-dieux ou déesses qui présidaient à ces différents actes.

Dans les encoignures, des panneaux décoratifs représentent des trophées de gibier, de poissons, de fleurs, de fruits et de blés, d'armes et d'instruments.

Tous les personnages sont de gros amours tout nus.

1° La Chasse.

Sur la gauche, trois chasseurs : l'un tient en laisse un chien tombé en arrêt; les deux autres l'observent. Au milieu, un sanglier énorme est attaqué par la meute; un chasseur sonne du cor ; un autre appelle ses compagnons et un troisième détache une sorte de molosse en réserve. A droite, un chasseur tient un honneur de la bête et le montre à deux compagnons assis, les chiens tournent autour de lui, tandis qu'un piqueur corrige et attache ceux qui veulent s'élancer.

A gauche, Méléagre ; à droite, Diane, se détachant en médaillon sur un fond bleu.

Le trophée de gauche se compose d'une hure apparaissant au milieu d'un cor, de fusils, d'un couteau et d'un fouet de chasse et d'un cornet à bouquin.

Le trophée de droite, d'une tête de loup auquel un piége sert de cadre, et sur sa peau écorchée se détachent un fusil à rouet, une ancienne pique, une bandoulière de garde-chasse et une corne.

2° La Vendange.

Dans les deux tympans des archivoltes, aux côtés de la fenêtre du fond, deux amours, couchés sur le dos, cueillent, après une treille, de grosses grappes de raisins noirs.

A gauche, la tête de Bacchus ; à droite, celle de Pomone.

Dans chaque panneau, un trophée de gibier, de raisins, d'oranges et de pêches.

3° La Pêche.

A gauche, des pêcheurs à la ligne ; à côté, d'autres déploient les voiles d'un bateau et embarquent les engins de pêche. Au milieu on a ramené les filets et on les lève ; ils sont pleins de poissons énormes, plus gros que les pêcheurs et que ceux-ci emportent à deux ou à bras le corps. A droite, la journée est finie, on allume le feu devant la tente, un pêcheur rapporte les filets ; un autre, étendu à terre, joue avec une grosse langouste.

Le médaillon de gauche représente Neptune ; celui de droite, Aréthuse.

Le trophée de gauche se compose de poissons gigantesques se détachant sur une raie;

Celui de droite est composé de brochets, de rougets, d'avirons, de lignes et de filets.

4° La Moisson.

Les blés sont mûrs et émaillés de coquelicots et de bluets. Une moissonneuse apporte sur sa tête le repas des travailleurs. Ceux-ci coupent les blés avec des faucilles, d'autres mettent en tas et lient les bottes; un s'est arrêté et boit à la gourde; un autre emporte les bottes terminées.

Sur les médaillons, les têtes de Cérès et de Triptolème.

Les trophées sont formés : l'un, des instruments de travail, la faucille, le fléau, le coyer, la gourde, accompagnés de blés et d'alouettes;

L'autre, des instruments de la fête qui doit terminer la moisson, le tambourin, la cornemuse, les flûtes, les castagnettes et les fleurs.

SALON DE L'EMPEREUR.

Le meuble de ce salon est curieux. Il est en soie verte, parsemée des abeilles impériales en jaune. Ces étoffes ont été fabriquées à Lyon avec une grande richesse.

Le plafond représente l'apothéose de Napoléon, par *Ingres;* c'est une magnifique peinture du maître.

Au milieu de l'azur, Napoléon, demi-nu, couvert seulement d'un manteau rouge qui flotte au vent, est debout sur un char d'or. Au-dessus de sa tête brille son étoile et vole son aigle. Dans une main il porte un globe bleu, dans l'autre, un glaive. A côté de lui, la Renommée tient, au-dessus de son front, déjà ceint d'un laurier d'or, une couronne au chiffre impérial. Quatre chevaux, à robe isabelle, sans guides et sans freins, conduits par la Gloire qui vole à leur tête, emportent le char vers le temple de l'Immortalité dont on aperçoit les colonnes d'or.

A gauche, sur la terre, la France en deuil suit la vision d'un regard éploré. Plus loin, on voit le trône vide et derrière une femme vengeresse chasse l'Anarchie vers la droite.

Huit compartiments secondaires entourent cette grande composition. Dans chacun, l'artiste a personnifié, par une femme assise, tenant un glaive, une des capitales des royaumes que l'empereur a conquis :

Vienne,	**Milan,**	**Naples,**	**Rome,**
Berlin,	**Le Caire,**	**Madrid,**	**Moscou.**

Sur la cheminée est un portrait en pied de Napoléon Ier, en costume d'apparat, peint par *Gérard.*

Dans les encoignures, posés sur des fûts de colonnes, sont les bustes en marbre des frères de Napoléon, sculptés par *Canova.*

Ces bustes viennent de la Malmaison et portent le monogramme du sculpteur : CNVA.

JÉROME, roi de Westphalie,
LOUIS, roi de Hollande,
LUCIEN, prince de Canino,
JOSEPH, roi d'Espagne.

Dans les tympans au-dessus des portes, des fausses portes et des fenêtres, sont des groupes en plâtre, au nombre de onze, variés sur trois modèles, par *Gruyère.* Ces figures allégoriques représentent les arts et les sciences.

PREMIER SALON DES ARTS.

Ce salon est complétement ouvert du côté de la grande galerie, au moyen d'une sorte de couloir parallèle plus bas que les plafonds et qui figure trois coupoles soutenues par des pieds-droits.

La disposition est la même de l'autre côté de la galerie pour le deuxième salon des Arts. Chacune de ces coupoles est ornée, dans ses pendentifs, de quatre petits médaillons peints par *Benouville* et *Cabanel* (1852).

Dans les tympans des portes qui communiquent avec le salon de l'Empereur, M. *Landelle* a figuré, sous la forme de belles femmes demi-nues, au type moderne, la Sculpture, l'Architecture et la Gravure :

La Sculpture, couchée devant un fragment de torse antique, tient le marteau carré ;

L'Architecture est assise, une main sur un fût de colonne et le coude appuyé sur un chapiteau sur lequel est étendu un plan ;

La Gravure examine une épreuve, tandis qu'on voit à côté d'elle des exemplaires terminés.

Huit niches distribuées dans les murs contiennent autant de statues en plâtre copiées d'après l'antique.

A gauche, ce salon communique avec le premier salon des Prévôts.

PREMIER SALON DES PRÉVOTS.

Il s'ouvre, à droite, sur une des rampes du grand escalier.

La peinture du plafond est l'œuvre de *Riesener*. C'est une allégorie rappelant le 2 décembre 1851 :

Au milieu, la Ville de Paris, triomphante, reprend le

sceptre des arts et de la civilisation ; l'Abondance, assise à ses côtés, lui offre ses trésors et les muses forment sa cour. Derrière elle, des enfants plient des drapeaux en signe de paix, tandis qu'à droite l'Anarchie et la Discorde s'enfuient devant les dieux irrités.

A gauche, Mercure ramène la Richesse, et de l'autre côté, la Seine, accoudée sur son urne, assiste au triomphe de sa glorieuse cité.

A gauche, une figure voilée tient un mors qu'elle repousse. C'est l'image des débordements comprimés. A côté d'elle est une banderolle blanche sur laquelle on lit cette inscription :

» Le 2 décembre, la Ville de Paris triomphe de l'anarchie et
» goûte les biens que lui offrent la faveur des Muses, l'Abondance
» et le Commerce. »

Dominant la composition, est en haut une Renommée qu'un aigle protége de ses ailes. En bas est un écusson aux armes de la Ville, accosté de deux enfants qui tiennent des branches de houx et d'olivier.

Au-dessus de la corniche, entre les consoles qui soutiennent le plafond est un cordon de têtes en pierre sculptée, figurant les prévôts des marchands de la Ville de Paris, depuis J. Morin, en **1524**, jusqu'à Trudaine, prévôt, en **1716**.

Dans l'embrasure de la fenêtre est une statue en plâtre qui a été commandée à l'occasion de la fête offerte à la reine d'Angleterre, par *Jouffroy*.

GRANDE GALERIE DES FÊTES.

Cette salle, la plus remarquable de l'Hôtel-de-Ville, a environ quarante-huit mètres de longueur sur treize de largeur; son élévation est de douze mètres. Elle est éclairée sur la rue Lobau par treize baies en arcades et soutenue par des colonnes dégagées, d'ordre corinthien. Des tribunes de forme circulaire ont été pratiquées dans les pénétrations. Cette galerie est mise en communication aux deux extrémités avec les salons des Arts.

La décoration générale de la salle est blanche et or, les peintures décoratives ont été exécutées sous la direction de M. *Laurent-Jan.*

Les médaillons des coupoles ont été peints par *Benouville* et *Cabanel.*

M. *Lehmann*, chargé de peindre la galerie et prévenu qu'elle devait être terminée au mois de décembre suivant, exécuta en dix mois, sur ses propres compositions, ce formidable travail qui n'occupe pas moins de cent quarante mètres en superficie et contient plus de cent quatre-vingts figures dont les principales ont six pieds de proportion, sans compter cinquante-six sujets peints dans les pénétrations et les pendentifs.

L'artiste a voulu montrer par quelle suite de travaux, de luttes contre les éléments et contre son semblable, l'homme est arrivé de l'état primitif à la civilisation dont nous jouissons aujourd'hui.

Au-dessous de chaque sujet, dans les pendentifs, une inscription en latin en détermine le sens que complètent des petites figures sur fond d'or, dans l'arcade de la pénétration.

Voici, d'après M. Lehmann lui-même, l'analyse de chaque composition, en commençant par la gauche, en entrant dans la galerie :

I. — Humanum oritur genus.

Pendentif. Origine. Une femme, couronnée de fleurs et

d'épis, ouvrant ses bras chargés de fruits et offrant ses mamelles aux enfants qui l'entourent, représente la Nature et la jeune Humanité jouissant de ses biens.

Pénétration. Enfant caressant un lion.

II. — Pugnat contra feras.

Pendentif. L'homme combat les animaux féroces. Menacé par un tigre, attaqué par un lion, il enfonce dans la gueule de ce dernier un arbre déraciné ; à ses pieds gît un corps expirant sous l'étreinte d'un reptile. Une femme effrayée serre son enfant contre son sein.

Pénétration. Enfant lapidant un serpent.

III. — In manu pecudes habet.

Pendentif. L'homme s'assujettit les animaux domestiques. Le chef de famille marche à la tête du troupeau, il tient la main gauche sur le joug imposé au buffle ; de la droite, il retient un cheval qui se cabre sous le cavalier cherchant à le dompter.

Pénétration. Enfant tétant une chèvre.

IV. — Laboribus urgetur variis.

Pendentif. Les hommes vaquent aux premiers travaux, abattent les arbres, allument le feu, forgent le fer.

Pénétration. Enfant s'élançant dans l'espace, tenant le marteau et la foudre en main.

V. — Et vestes et tecta parant.

Pendentif. L'homme prépare les matériaux destinés à sa demeure, la femme file ses vêtements.

Pénétration. Enfant auprès d'un nid d'oiseaux.

VI. — Placantur hostià Dii.

Pendentif. Sacrifice. L'homme offre à Dieu son premier

sacrifice. Enfants occupés autour de la victime ; groupes priant.

Pénétration. Enfant tenant une guirlande, assis auprès des vases sacrés.

VII. — Ditans agricolam messis.

Pendentif. Moissonneuses coupant le blé et chargées de gerbes; semeur, laboureur, première richesse de l'homme.

Pénétration. Enfant faucheur buvant dans une gourde.

VIII. — Dissipat Evius curas.

Pendentif. Jeune faune tenant des grappes de raisin qu'il élève en riant au-dessus de sa tête ; à ses bras sont suspendus un enfant et une bacchante.

Pénétration. Enfant bachique emporté sur une panthère.

IX. — Concordant carmina plectro.

Pendentif. Première union du chant et de la poésie ; des deux côtés, groupes d'époux affligés, d'amants heureux.

Pénétration. Enfant porté par un cygne, chantant et s'accompagnant de la lyre.

X. — Menses et sidera signat.

Pendentif. Astronomie. Vieillard expliquant aux bergers la marche des astres. Hespérus est représenté tenant une torche et versant la rosée.

Pénétration. Enfant berger endormi.

XI. — Committit pelago rates.

Pendentif. Navigation et Commerce. On hisse les voiles,

on charge les marchandises, le nautonier interroge du regard l'état du ciel.

Pénétration. Enfant sur un dauphin, tenant caducée et trident.

XII. — Industria objice acrior.

Pendentif. Industrie. Entourée de machines, elle examine des plans et tient, maîtrisée sous ses genoux, une figure symbolique de la vapeur. Des deux côtés les divers métiers lui offrent leurs instruments de travail et leurs matières premières.

Pénétration. Enfant emporté sur une chimère, lançant feu et flammes.

XIII. — Flet scena ridetque bifrons.

Pendentif. Tragédie et Comédie. Génie penché sur le masque tragique. La Tragédie tient une hache sanglante à la main; la Comédie, armée de verges, observe l'image de la vie se réfléchissant dans uu miroir que lui présente un jeune satyre.

Pénétration. Enfants grotesques jouant avec les masques tragiques et comiques.

XIV. — Mente homo numen adit.

Pendentif. Etude, Inspiration. Hommes absorbés dans la réflexion et l'étude, jeune femme arrachée à la méditation par le contact du génie qui dirige ses regards vers le ciel.

Pénétration. Faune enfant nourrissant un nouveau-né; premiers instincts satisfaits.

XV. — Confirmat doctrina fidem.

Pendentif. Théologie, Science divine. La main droite

sur l'Evangile, la gauche levée vers la croix et le calice portés par deux anges, le pied sur l'Erreur aux yeux bandés, elle proclame la vraie doctrine et la vraie foi; au fond, docteurs de l'église.

Pénétration. Enfant sortant d'un amas de livres un flambeau à la main.

XVI. — Rerum inquirit causas.

Pendentif. Philosophie, Savoir humain. Vieillie dans les recherches, elle reste encore penchée sur des manuscrits. Un premier enfant verse, d'une main, l'huile dans la lampe, et de l'autre indique le silence. Un second tient fermé, d'un air ironique, le livre de la Vérité.

Pénétration. Enfant cherchant à pénétrer dans un amas de livres et de parchemins.

XVII. — Scelerum ultrix Dea.

Pendentif. Justice. Le pied sur le crime terrassé, elle arrache le masque de l'Hypocrisie, elle protége la faiblesse et l'innocence. L'ange vengeur apporte le glaive.

Pénétration. Un enfant saisit et écrase un serpent à travers un masque souriant.

XVIII. — Res bene gesta ditio.

Pendentif. Finances. Un homme notant d'une main ce qu'on verse dans sa caisse, empêchant, de l'autre, qu'on y puise. Ordre, Economie.

Pénétration. Enfant assis entre deux sacs d'écus.

XIX. — Metitur in orbe omnia.

Pendentif. Mathématiques. Une femme réfléchit, le compas à la main. Deux enfants semblent absorbés dans l'étude; un troisième pointe un télescope.

Pénétration. Enfant cherchant la solution d'un problème géométrique.

XX. — Sic bella ingruunt cruenta.

Pendentif. Guerre. Un groupe de démons exterminateurs, le glaive et la torche en main, traverse l'air au-dessus d'une femme éplorée et accroupie à côté d'un homme expirant. Elle tient sur ses genoux son enfant percé d'une flèche.

Pénétration. Deux enfants se battant.

XXI. — Clio gesta canens.

Pendentif. Epopée et Histoire. L'Epopée, appuyée sur sa lyre, jette des couronnes, au son des fanfares. L'Histoire grave sur l'airain les faits que lui dicte un génie.

Pénétration. Enfant écrivant ce qu'il cherche à voir de loin et de haut.

XXII. — Sanantur medicinâ morbi.

Pendentif. Médecine. Le médecin tient la main d'une malade, une sœur soutient sa tête, un élève prend note des prescriptions. Enfants étudiant la botanique; d'autres, l'anatomie.

Pénétration. Enfant pansant la patte d'un chien.

XXIII. — Virtus Deo proxima caritas.

Pendentif. Charité et Enseignement. Prêtre recueillant un nouveau-né abandonné. Sœurs de charité se livrant aux soins de l'éducation et de l'enseignement.

Pénétration. Enfant portant une table de marbre ornée

d'une guirlande avec l'inscription : *A saint Vincent-de-Paul.*

XXIV. — Permovet, delectat, docet.

Pendentif. Eloquence. Orateur parlant au milieu d'un auditoire attentif et ému.

Pénétration. Enfant rhéteur se débattant dans des liens inextricables.

XXV. — Tres unâ vigent artes.

Pendentif. L'Architecture est assise, l'équerre à la main; sur ses genoux s'appuie la Sculpture portant la statue de Minerve; la Peinture la tient fraternellement embrassée.

Pénétration. Trois enfants se tenant embrassés puisent à la source du beau.

XXVI. — Ad tibiæ cantus chorea.

Pendentif. Danse et Musique, Groupe de danseurs ; enfants jouant de divers instruments.

Pénétration. Enfant danseur grotesque.

XXVII. — Diffundit fruges copia.

Pendentif. Abondance. Chargée de fleurs et de fruits, elle tient, d'une main, sa corne symbolique, et étend l'autre, en signe de protection, sur les biens de la terre.

Pénétration. Enfant chargé de fleurs et de fruits.

XXVIII. — Ostendit ad astra viam.

Pendentif. Gloire. Elle s'élance vers les astres, palme et couronne en main.

Pénétration. Renommée, enfant.

SALLE DES CARIATIDES.

Au milieu de la galerie des Fêtes s'ouvre, à gauche, sur le même plan que les deux salons des Prévôts, la salle des Cariatides.

Cette salle, au-dessus du palier d'où partent les deux rampes de l'escalier des Fêtes, qui aboutissent chacun à un des salons des Prévôts, est d'une construction assez originale.

Les voûtes, en pendentifs, sont surmontées d'une tribune, sur le balcon de laquelle des cariatides variées sur trois modèles supportent le plafond. M. *Bosio* jeune a composé les modèles. M. *Gosse* a peint, au plafond, le sujet suivant :

Des cariatides, en marbre, soutiennent une coupole sur laquelle on aperçoit Cybèle, traversant les nues sur un char traîné par des lions. Des nymphes voltigent autour d'elle et lui offrent les prémices des fleurs et des fruits. L'Amour conduit le char de la déesse, et devant lui sont l'Abondance et la Paix. Appuyés sur la balustrade, des enfants jouent, d'un côté, avec un cygne; de l'autre, avec un aigle.

Dans les tympans demi-circulaires qui surmontent les portes et les fausses portes, *Benouville* a figuré les saisons, l'Agriculture, l'Abondance et l'Astronomie.

Au-dessus des trois portes du fond.

Au milieu: Uranie. Elle est assise sur le monde. Dans une main elle porte une nébuleuse, dans l'autre elle tient un compas. Autour de sa tête resplendit une auréole d'étoiles et sur le bleu du ciel se détachent la Lune et une Comète.

A gauche, l'Agriculture entourée de ses attributs, un soc de charrue et des bœufs, un pressoir, etc.;

A droite, l'Abondance couronnée d'épis ; à côté d'elle sont une corne, une gerbe et un caducée.

Au-dessus des portes, entre les fenêtres qui donnent sur les escaliers, sont les quatre saisons :

A gauche, le Printemps, sous la figure d'une jeune femme qui découvre son sein. A côté d'elle, un amour joue avec une écharpe rose pleine de fleurs. On voit voltiger des papillons dans l'air, et deux colombes font l'amour à ses pieds.

L'Hiver. Une femme vêtue de blanc cache un enfant dans les plis de sa tunique qu'un vent froid agite. A côté d'elle, un enfant attise le feu et trois corbeaux semblent sortir du cadre, à droite.

A droite, l'Eté. La chaleur l'a endormie sur un lit de gerbes, et sa main laisse échapper la faucille. Un amour arrive haletant sous le poids d'une gerbe.

L'Automne. Une femme couchée sur un tigre, endormie par l'ivresse. Sa gorge est nue, sa tête, échevelée, retombe lourdement en arrière et une coupe vide lui échappe des mains. A côté d'elle, un amour portant un panier rempli de fruits magnifiques.

M. *Cabanel*, chargé de la décoration des voussures, a représenté, dans de petites compositions allégoriques, les douze mois de l'année :

Janvier. Un voyageur semble faire à ses hôtes le récit de ses aventures.

Février. Des enfants folâtrant autour d'une jeune femme masquée.

Mars. Un homme sauve une femme et un enfant au milieu d'une inondation.

Avril. La nature, jeune et belle, se réveille, deux enfants se pendent à son sein. Les hirondelles reviennent à tire-d'aile, le coq chante, les grands bœufs hument l'air.

Mai. Deux jeunes amants se tiennent embrassés, et l'Amour joue à leurs pieds.

Juin. Récolte des foins.

Juillet. Récolte des blés.

Août. Un père et une mère jouent avec leur enfant qui essaie ses premiers pas à la conquête d'un fouet que tient le père.

Septembre. L'Amour à cheval sur une panthère tient d'une main une coupe, de l'autre, une grappe de raisin; une bacchante semble l'implorer.

Octobre. Les froids arrivent, les feuilles tombent, et une jeune fille pâle et triste s'éteint dans les bras de sa mère.

Novembre. Un chasseur sonne de la trompe, et les chiens donnent.

Décembre. Un vieillard étudie, un amour allume sa lampe.

Cette salle communique avec la salle des séances du Conseil municipal.

DEUXIÈME SALON DES ARTS.

Ce deuxième salon est décoré de la même façon que le premier. Dans les niches, c'est la répétition des mêmes statues.

Au-dessus des portes, M. *Landelle* a figuré la Musique, la Poésie et la Peinture :

La Musique tient une guitare et cherche l'inspiration, les yeux au ciel;

La Poésie porte des ailes et sa robe brune est étoilée d'argent; d'une main elle tient un luth, de l'autre, elle s'appuie sur le grand œuvre d'Homère;

La Peinture tient sa palette à la main.

A gauche, ce salon communique avec le salon des Prévôts.

DEUXIÈME SALON DES PRÉVOTS.

La peinture du plafond, exécutée par M. *Muller*, représente l'affranchissement des communes en **1110**:

Louis-le-Gros, assis au sommet de la composition, a brisé, de sa main droite, les chaînes des communes asservies; de sa main gauche, il distribue les chartes qui garantissent l'affranchissement.

Derrière le roi se tiennent l'Autorité et l'Equité. A gauche, les communes en servage, les bras liés ou enchaînés, s'avancent vers le souverain et implorent leur délivrance. A droite et au centre, les communes dont les fers sont déjà brisés par leur roi ou par leur propre force, viennent solliciter les chartes qui consacrent leur liberté. Au milieu de ces figures, deux petits génies tiennent les fragments d'un joug brisé. Dans l'ombre, à gauche, deux communes s'en vont en secouant joyeusement leurs fers rompus et les chartes libératrices. A droite, dans l'éloignement, la Féodalité blessée s'enfuit et tombe. Au bas de la composition, les génies de la France; l'un porte l'oriflamme et les lis, deux autres resserrent les liens du faisceau monarchique. Enfin, un quatrième soutient l'écusson armorié de la Ville de Paris.

Comme dans le premier salon, règne autour du plafond

un cordon de têtes sculptées des prévôts de Paris, depuis Evreux, 1263, jusqu'à G. Bude, en 1523.

Au milieu de la fenêtre est une statue en plâtre, commandée en même temps que celle de l'autre salon, par *Jouffroy*.

SALON DE LA PAIX.

Ce salon fait pendant à celui de l'Empereur.

Le meuble, en bois doré, est recouvert en soie orange. Les cariatides et toutes les ornementations de la cheminée, dessinée dans le style de la renaissance, ont été composées et exécutées par le sculpteur *Nanteuil*.

Les peintures décoratives ont été faites sous la direction d'*Oury*.

Ce salon et le salon de l'Empereur sont les deux plus remarquables de l'Hôtel-de-Ville, par la valeur des œuvres qui les décorent et par le voisinage et la comparaison des deux plus grands maîtres de notre temps. Quelle que soit l'école à laquelle on appartienne, on ne peut aborder sans émotion le grand œuvre de *Delacroix*, qui couvre le plafond et les tympans (1854).

Il se répartit en un plafond circulaire, huit caissons entourent la composition centrale et onze sujets de la vie d'Hercule, destructeur des monstres et vengeur des opprimés, dans les tympans.

PLAFOND CENTRAL.

La Terre éplorée lève les yeux au ciel pour en obtenir la fin de ses malheurs. Elle est entourée de ruines ; près d'elle, un soldat éteint une torche sous son pied. Des amis, des parents se retrouvent et s'embrassent, on relève en pleurant de tristes victimes.

La Paix, portée sur des nuages, voit revenir l'Abondance et le cortége des muses. Cérès repousse Mars et les Furies.

La Discorde s'enfuit en rugissant et se replonge dans les abîmes, pendant que Jupiter, du haut de son trône de nuées, se tourne encore menaçant vers les divinités malfaisantes, ennemies du repos des hommes.

Dans les huit caissons entourant le plafond circulaire :

Vénus,	**La Muse,**
Bacchus,	**Mercure,**
Mars enchaîné,	**Neptune calmant les flots,**
Minerve,	**Cérès.**

Dans les tympans au-dessus des portes et des fenêtres, M. *Delacroix* n'a point consulté l'ordre chronologique dans la disposition des sujets suivants, mais seulement la convenance de l'ornementation :

1° Hercule, exposé après sa naissance, est recueilli par Junon et par Minerve : cette dernière le tient dans ses bras et le présente à Junon, qui se dispose à lui donner le sein ;

2° Hercule ayant élevé ses fameuses colonnes aux bornes du monde, se repose de ses travaux. Le Soleil, aux termes de sa carrière, se replonge dans la mer ;

3° Hercule ramène Alceste des enfers et la rend à Admète, son époux ;

4° Hercule tue le centaure ;

5° Hercule enchaîne Nérée, dieu de la mer, pour le forcer à lui dévoiler l'avenir ;

6° Hercule s'empare du baudrier d'Hippolyte, reine des Amazones ;

7° Hercule étouffe Antée : la Terre, mère de ce titan, veut en vain lui porter secours ;

8° Hercule délivre Hésione, fille de Laomédon, exposée pour être dévorée par un monstre marin ;

9° Hercule écorche de ses mains le lion de Némée pour se revêtir de sa peau ;

10° Hercule, jeune encore, entre la Vertu et la Volupté ;

11° Hercule rapporte vivant, sur ses épaules, le sanglier d'Erymante, qu'il avait pris à la course.

GRANDS ESCALIERS DES FÊTES.

Ces escaliers sont formés de deux rampes droites qui partent d'un péristyle commun et aboutissent à des paliers devant les salons des Prévôts, avec galeries en retour. La salle des Cariatides est sur le plafond du péristyle. Les galeries sont soutenues par des colonnes doriques et chaque rampe est éclairée par trois lunettes à la voûte, et le palier par une seule, à la coupole.

Ces lunettes sont ornées de verrières par *Laurent Gselle* sur les cartons de *Hesse*.

Celles de droite représentent le Printemps qui répand des fleurs; l'Automne, qui porte une coupe à ses lèvres; et l'Été, qui tient des épis à la main.

Sur la lunette du palier, une figure de femme, embouchant la trompette, personnifie le Congrès de la Paix.

Dans celle de gauche nous retrouvons Flore, la Musique et la Paix; au-dessus du palier, deux femmes, portant un enfant couronné, rappellent la naissance du Prince impérial.

Les murs qui font face aux galeries sont ornés, dans le cintre, de quatre médaillons sculptés en pierre par *Duret*, représentant Charlemagne, César, Napoléon et Alexandre.

Le péristyle est soutenu par quatre colonnes doriques au milieu. De chaque côté des escaliers sont des statues des parties du monde: l'Europe, l'Asie, l'Afrique et l'Amérique, par *Brion*, *Dantan* aîné, *Gambard* et *Debay*. Ces figures ont été commandées pour la fête donnée en 1856 à la reine Victoria.

Ce péristyle communique avec la cour du centre au moyen d'un large escalier en contre-bas et avec la salle Saint-Jean.

Sur les côtés s'ouvrent quatre portes surmontées d'œils de bœuf accostés de figures sculptées par M. *Cavelier*.

SALLE SAINT-JEAN.

La salle Saint-Jean occupe, sur la rue Lobau, toute la portion de la façade comprise entre les deux portes. Elle est située au-dessous de la grande galerie des Fêtes.

Elle est éclairée par douze fenêtres et soutenue par vingt-quatre colonnes doriques, formant avant-corps avec colonnes engagées de même.

Sa voûte, surbaissée en pénétration, avec arcs-doubleaux et entablement avec frise, est armée de triglyphes et de casques.

De grands arcs-doubleaux relient, à travers la voûte de la salle, les colonnes entre elles.

Cette salle a deux sorties aux extrémités, une sur la cour du préfet, l'autre sur la cour des bureaux, par laquelle le visiteur s'en va.

Paris. — Imp. BOUCQUIN, rue de la Sainte-Chapelle, 5.

Paris. — Imp. Boucquin, rue de la Sainte-Chapelle, 5.

www.ingramcontent.com/pod-product-compliance
Ingram Content Group UK Ltd.
Pitfield, Milton Keynes, MK11 3LW, UK
UKHW022135190726
13855UKWH00003B/1160